U0073820

出社會第N年，
今天也是
（I LOVE MY JOB）
為五斗米折腰的一天

星期一的布魯斯、Phoebe Fu———著　　**格格 Esther Hung**———繪

C o n t

4　前言

6　Chapter 1　討人厭的星期一

22　Chapter 2　不要再問我怎麼還沒下班

44　Chapter 3　過了一個週末，
　　　　　　　卻完全沒有充飽電的我

60　Chapter 4　走出公司，
　　　　　　　開啟全新的冒險吧！

78　Chapter 5　踏上追尋自我的旅途

94　Chapter 6　不在計畫內的愜意生活

118　Chapter 7　緊急支援

132　Chapter 8　挑戰開始

146　Chapter 9　又是萬惡的星期一？

160　·番外篇·　寒流來的日子

e   n   t   s

人物介紹 Character Introduction

16 | 史達博 STABLE
28 | 布魯斯 BRUCE
42 | 阿酷 COOL
68 | 呱克 CROAK

日常篇 Daily Life of Bruce

58 | 布魯斯的假日時光
92 | 布魯斯的忙裡偷閒
116 | 眾人眼中的布魯斯
144 | 出門買東西的布魯斯

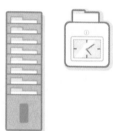

｜前言｜

布魯斯是在我工作低谷的時候誕生的，
其實過去的我非常熱愛工作，
只是不知道從什麼時候開始，
漸漸地失去了上班的動力跟意義，
當時待在辦公室對我來說，
彷彿是被關在 8 個小時的監獄裡一樣。

但是布魯斯的出現，似乎告訴了我，
未來還有很多可能，
它也讓我體驗到許多過去從來沒有發生過的事，
包含了這次的出書，
我開始覺得，自己還能夠繼續努力下去。

曾經在一次 Podcast 訪談中，主持人問到：
「為什麼布魯斯是兔子？」
當下我一時回答不出來，對方卻接著提到：
「畢竟兔子是草食性的動物，
　　在生態鏈上位於比較底層。」

4

短短幾秒間，我突然覺得布魯斯除了兔子以外，
沒有更適合他的動物了，
即使在最底層、也因為在最底層，
為了爭取更好的生活跟未來，
更需要加倍努力吧！

雖然布魯斯看起來厭世又懶惰，
對我來說卻是人生中的救星。

希望大家也能透過布魯斯感受到各種能量，
不管是快樂的、溫馨的、想哭的都好，
最後，謝謝從我生命中出現的布魯斯。

Phoebe Fu

【特別感謝】
原石創意國際有限公司
TOYS ALLIANCE 團隊
酸雨戰爭設計師 KIT LAU
班森班原創設計有限公司 阿班

5

1.

討人厭的星期一

一大早聽見清脆的鳥鳴聲，
讓人更不想起床了，
如果遲到一定是電車誤點的關係。
但為什麼我今天還是要上班？

〖布魯斯の靜斯語〗

早起可以做很多事，比方說把鬧鐘關掉。

一個美好的早晨來臨，
布魯斯被惱人的鬧鈴聲給吵醒，
他默默睜開眼睛，拿起手邊的鬧鐘，
再看一看日曆，
今天是他最害怕的……
星期一。

星期一並不是什麼可怕的東西，
純粹只因為它是一週的開始，
因為這點，
布魯斯已經在腦中幻想了整整 7 天的疲憊，
即便他根本尚未踏出家門。

雖然如此，
布魯斯還是拖著疲憊的身體，
認分地起床梳洗，
為什麼全身心都在抗拒，
卻還是得出門上班呢？

布魯斯一邊刷著牙，一邊思考這件事。

打好領帶，拎起公事包，
布魯斯的精神「看起來」好極了，

不過，
他還是拖到了最後一刻才終於踏出家門，
他鼓起勇氣告訴自己：

今天會是美好的一天。

布魯斯從住處前往公司，
大概需要搭乘半小時的地鐵，
而這半小時的路途，
讓剛剛打起的精神又再次消失。
他看著周圍同樣雙眼無神的上班族，
決定等等先買杯咖啡再進辦公室。

回想剛出社會時，
只是因為看到大家人手一杯咖啡，
才跟著裝模作樣的布魯斯，
如今卻幾乎離不開它了。

下車後，
手機的 LINE 群組開始傳來通知聲，
布魯斯完全不想理會它，
而是邁步走向公司旁邊的呱呱咖啡，
準備購買他經常喝的美式。

雖然是一間小店，
但店長呱克可是對咖啡相當講究。

「今天的豆子可是充滿莓果香氣呢，
　現在這個溫度喝最好……」

呱克跟平常一樣
開始自顧自地講起咖啡的產地、
味道、手沖祕訣等等，
而布魯斯也是習慣性地，一手接過外帶的咖啡，
另一腳就踏出咖啡廳，
畢竟布魯斯還沒有打卡呢！

卡鐘顯示 8:30。

剛好，今天又是整點打卡，
布魯斯鬆了一口氣，
而等他來到座位上時，
隔壁的史達博早就已經開始上班了。

史達博是布魯斯的同事，也是布魯斯的朋友，
他的個性、做事跟他名字一樣令人感到安穩，
所以很多事情都可以放心地交到他手中，
史達博雖然是布魯斯的後輩，
但能力可一點都不遜色呢！

甚至優秀到了令布魯斯忍不住忌妒的程度。

社會新鮮人，
工作的時候很少摸魚，
可以準確地在工作時間內達成目標，
偶爾加班都是為了協助布魯斯及其他同事。
對布魯斯來說是個可靠的後輩。

史達博 STABLE

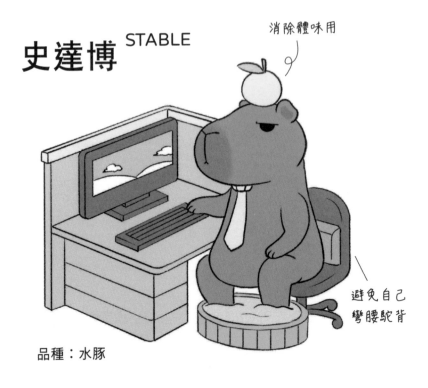

消除體味用

避免自己
彎腰駝背

品種：水豚

Introduction

史達博皮膚容易乾燥，但礙於上班不方便泡澡，
所以他都會攜帶泡腳桶來代替泡澡。

不過離開座位時，
史達博都會記得擦乾後再離開，
不會造成其他人的困擾唷！

可以滋潤、
舒緩皮膚

出門時用的黃色領帶

喜歡的食物：橙子、水果、茶。
興趣：泡溫泉、旅遊、打電動。

星期五未完成
的工作

故事的焦點再次回到布魯斯身上，
不，
應該說是布魯斯的電腦螢幕，
以及他那懊惱、
散發著厭世氣息的後腦勺。

按下開機鍵之後的布魯斯，
小心翼翼點開了信箱，
果然，未讀信件不斷地跳出，
內容五花八門，
有文件、有客訴、有新的提案、
還有垃圾信件……

處理完該回覆的簡單郵件後，
布魯斯終於可以冷靜下來閱讀提案，
但是內容太多，
而還沒完全清醒的他，
大腦早就已經打結了。

布魯斯把臉攤在電腦面前，
嘆了口氣說著：
「唉……好累阿！」

現在時間 9:10。

布魯斯往史達博那邊瞄了一眼，
忍不住心想：

「為什麼史達博可以這麼認真
　又充滿動力地工作呀？」

他回想起剛畢業的時候，
自己對工作依然懵懵懂懂，
只想著畢業後就可以賺錢了，
主管交代的事情也總是用盡全力去處理。
儘管當時的布魯斯仍帶著一絲稚氣，
每天來到公司工作，卻充滿了動力，
懷抱著好奇做每件事，天天工作滿 8 小時，
也覺得自己一天比一天更進步，
絲毫沒有怠惰⋯⋯
接著呢？怎麼有點想不起來了？

不能再想了，得趕緊回覆信件，
處理這週的待辦事項才行。

但是，時間轉眼就來到 12:00 了。

2.

不要再問我
怎麼還沒下班

手邊的待辦事項密密麻麻，
主管又丟來了新的工作……
今天偏偏還有最浪費時間的週會要開，
真的能準時下班嗎？

〖布魯斯の靜斯語〗

不用跟我談夢想，我的夢想是不工作。

午餐補充了最愛吃的紅蘿蔔便當後，
布魯斯再次提起幹勁，決定開始認真工作，
畢竟上午的時間，
已經在他思考時一點一點地消失了。

不過，才專心不到幾分鐘，
他還是忍不住滑了一下手機，
看著現摘的蘿蔔廣告，
幻想自己搭飛機
去摘紅蘿蔔的美好畫面。

這時，
主管海特走過來戳破了他的幻想泡泡，
並且「溫馨地提醒」布魯斯該到會議室開週會了。

不情不願的布魯斯，
和史達博一起抱著文件走進會議室，
開始聽海特檢討大家的業績，
以及長達幾小時的精神喊話。

布魯斯心想：
「與其浪費時間開會，不如放我回去工作～」

會議結束後，
時間已經來到下午 3:00 了。

接著，為了能夠準時下班，
布魯斯決定全力衝刺，
工作效率瞬間提高的他，把資料一份份地完成。

「照這個進度，今天肯定不用加班。」

然而，就在布魯斯偷偷在心裡這麼想的時候，
海特又拿了兩疊文件過來
（因為一次搬不完，所以分兩次搬），

怎麼事情偏偏都在下班前冒出來呢？

變黑的手

即使布魯斯再怎麼加速，
時間依舊一分一秒地消失，
布魯斯開始感受到疲憊，
從手腳尾端慢慢變黑。

這是布魯斯一家特有的遺傳，
一旦身體出現疲勞時就會發生，
也可以說是提醒自己要休息的機制。

現在時間下午 5:00。

本書主角布魯斯，一旦過度疲勞，
身上的毛會由白轉黑，通常在布魯斯睡一覺後，
就可以慢慢恢復成白色。

唉～

焦黑狀態 ——

身上末端呈淡粉色

品種：兔子

布魯斯 BRUCE

白領族，
雖然外表可愛，
卻有著中年大叔的體態，
工作上不求什麼企圖心，
希望可以把上班時間用來
做重要的事，
卻日日都有消化不完的行政雜事，
過著如一般人的社畜生活。
每天早上 9:00 就開始期待下班。

假日的娛樂

固定光顧的
咖啡店

CROAK COFFEE

喜歡的食物：紅蘿蔔、蔬菜。
興趣：品嘗美食、旅遊、打電動。

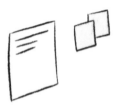

5:30 一到，
打卡鐘開始發出「嗶──嗶──」聲響，
同事們紛紛下班了。

史達博轉頭詢問布魯斯需不需要幫忙，
但是布魯斯不想每次都麻煩他，
掙扎了一下還是婉拒了好意。

只好告訴自己打起精神，繼續努力加班，
一直到晚上 9:00，
布魯斯才拖著疲憊的腳步離開。

全身焦黑

就這樣日復一日，
布魯斯度過了身心俱疲的一週，
好不容易等到了星期六，
他終於迎來了放假的時光！

布魯斯打算一整天待在家打電動，
好好放鬆一下心情，
還有最近新出的偶像劇都還沒看呢！
在他盤算優先順序時，
一旁的電話卻響起了……

「布魯斯，昨天有一份資料在你那邊嗎？
　我現在滿急的，幫我送到公司好嗎？」

是海特的來電。

布魯斯望向自己的辦公包，無奈地想著：
「昨天不該把它帶回家的……」

於是他只好按下遊戲機的存檔鍵，
急急忙忙進了公司一趟。

早知道就不要接起
這通電話……

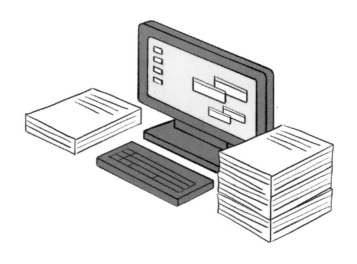

就在他以為把文件交給海特後就可以回家的時候，

「唔……你這個資料要再改一下呢！」

於是週六的布魯斯又再次加班了……

今天的他，比平時還要難過，
不單純是因為沒玩到電動或追到劇，
而是連續幾天的工作早已讓他心力交瘁。

完全沒力氣收拾的
辦公桌

幾個小時過去，資料終於完成了。

布魯斯起身到洗手間照了一下鏡子，
連臉都已經變成黑色的，
看來今天真的累了，
晚點去居酒屋吃碗蘿蔔拉麵休息一下吧。

一進到居酒屋，
居酒屋老闆阿酷看到布魯斯便嚇了一跳：
「你不會加班到剛剛吧？」

布魯斯緩緩點了點頭。

不用布魯斯點餐，
阿酷已經開始準備他的招牌紅蘿蔔拉麵了，
終於吃到晚餐的布魯斯，露出滿臉幸福的表情。

這間店使用的紅蘿蔔，
都是阿酷自己在住家後院種植的，
加上最近是紅蘿蔔的產季，
所以特別甜。
為了讓大家吃到最新鮮的紅蘿蔔，
阿酷可是每天早上都去現摘呢！

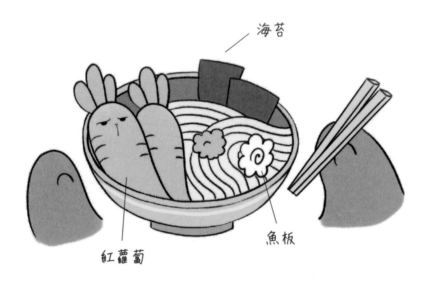

海苔

魚板

紅蘿蔔

「你這麼喜歡吃紅蘿蔔，應該去過『將軍市』吧，
　那裡盛產的紅蘿蔔，
　才是唯一能夠超越我的極品啊。」

面對阿酷的提問，布魯斯感到有點失落，
雖然將軍市的紅蘿蔔相當有名，
但是他一次都沒有嘗過。

飽餐一頓之後，
布魯斯才疲憊地回到家中。
但他一直在思考阿酷說的……

將軍市紅蘿蔔。

累得跟兔子一樣

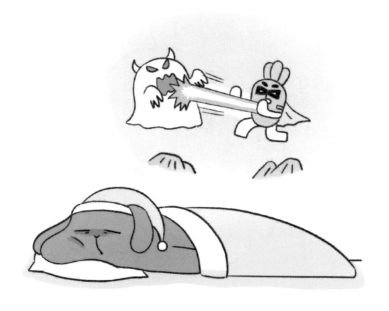

夜裡，布魯斯做了一個夢，
是他以前曾看過的一部動作片，
故事是描述來自將軍市的紅蘿蔔戰士，
拿著紅蘿蔔料理，奮力對抗恐懼紅蘿蔔的敵人。

而正當劇情裡的紅蘿蔔戰士
拿著新鮮蘿蔔切盤，
準備給布魯斯品嘗時，
鬧鐘卻無情地響起了。

看似完美的夢也突然劃下句點……

布魯斯揉了揉眼睛，
看見窗外的天色已經亮了，
而他不但沒睡好，連美夢都被破壞了。

阿酷 COOL

品種：北極熊

天生臉臭，
但其實很認真又親切

招牌料理：
胡蘿蔔拉麵

布魯斯下班後的
訴苦對象

居酒屋店長阿酷，
因為親戚喜歡吃蔬菜，
所以也很擅長製作蔬菜料理。
阿酷對每個食材都很認真看待，
如果有浪費食物的行為，可是會惹怒他的喔！

因為相當喜歡美食，於是決定自己創業，
再加上手藝高超的關係，
目前已經收服了不少饕客的味蕾。

喜歡戶外活動

對烹飪相當執著

喜歡的食物：海鮮。
興趣：品嘗美食、研究美食，釣魚。

3.

過了一個週末，
卻完全沒有充飽電的我

沒有變回正常身體狀態的布魯斯，
決定在上班日前，尋找恢復的方法。
（除了離職之外……）

〖布魯斯の靜斯語〗

身體不舒服的時候，
記得先在社群發文，再去看醫生。

從睡夢中被喚醒的布魯斯，
開始後悔自己週日不該設鬧鐘，
因為他差點就能吃到心心念念的紅蘿蔔拼盤
（即使只是在夢裡），太可惜了……

布魯斯拖著疲憊的身體緩緩起床，
沒有安排行程的他，像平常一樣走去梳洗，
此時，布魯斯抬頭照了一下鏡子……

「今天臉好黑喔，嗯？我怎麼還是黑的？」

正常來說，經過晚上的休息，
到第二天布魯斯就會恢復成白色，
但是此時的他竟然沒有復原，他開始慌張了起來，
因為這是生平第一次遇到這個狀況。

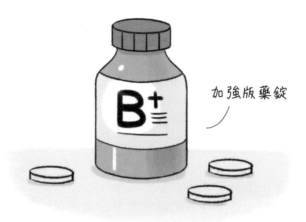

加強版藥錠

布魯斯決定到附近有營業的西醫診所，
讓醫生檢查了一下。
沒想到，一切報告都顯示沒有異狀，
而醫生也只是開了幾顆 B 群讓布魯斯提神，
就讓他離開了。

但即使吃了 B 群，
身體也沒有如預期恢復成白色。

布魯斯心想：
「幸好今天只是週末，離上班日還有一點時間。」

不放棄的布魯斯，
緊接著去求助認識的中醫師，
醫生一臉嚴肅地替他把了脈，
皺了皺眉頭說：

「你的身體非常虛弱呢！
　是不是一直掛念工作的事，沒有好好休息？」

於是，他開了很多藥給布魯斯，
但是這個烏漆抹黑的藥粉實在是太苦了，
就跟工作一樣，讓他難以下嚥，
所以他必須再想想其他辦法。

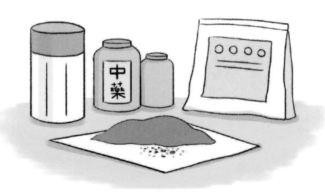

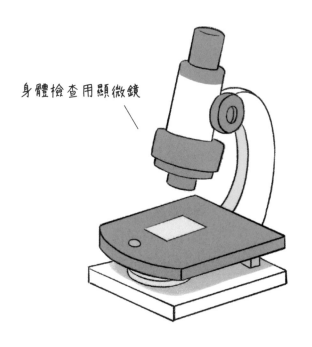

身體檢查用顯微鏡

接著，他來到了動物醫院門口，
不知道為什麼，布魯斯特別害怕看獸醫，
因為醫生總是看診得很仔細，
連身上有沒有寄生蟲都檢查了。

幸好布魯斯平時的衛生習慣還不錯，
身體並沒有太大異狀。

獸醫開了點眼藥水跟一包苜蓿草給他。
布魯斯立刻吃下一口苜蓿草，心想：

「嗯，挺可口的。」

但是經過商店櫥窗，
自己的身體卻依然是黑色的……

在布魯斯已經不知道自己該怎麼辦時，
遇到了一位寵物心理醫師。

「這不是布魯斯嗎？你怎麼變成黑色啦？」
「你看起來思緒很混亂，如果好好面對自己內心的話，
　也許就能找出變黑的原因了。」

當布魯斯還想問更仔細的時候，
心理醫師卻被手邊響起的電話打斷，
「好好好，我在路上了，馬上過去。」

看來心理醫師也很忙呢，急急忙忙道別後，
留下黑色的布魯斯獨自在原地徬徨。

蛋糕好好吃！

這時候，他遇到了正在逛街的史達博，

「布魯斯？今天不是星期日嗎？
　你怎麼還是黑色的？」

看了臉色發黑的布魯斯，
史達博決定邀請他到附近的咖啡廳享用下午茶。

「所以你昨天還去加班啊，
　海特也太過分了，那些資料他自己也可以改呀。」

史達博替布魯斯忿忿不平。

不過，因為不希望假日都瀰漫著負面情緒，
史達博開始轉移話題，
聊起了前陣子特地去溫泉村泡溫泉，
那邊有好幾個不同的湯可以選擇，
而史達博最喜歡的是那個充滿香柚味的柚子湯。

泡溫泉是史達博的畢生興趣，
他每幾個月就會安排一場溫泉旅行。
思索了一下，史達博好奇地問布魯斯：

「你都沒有什麼興趣嗎？
　進公司三年都沒看你請假出去旅遊過。」

布魯斯聽完，突然發現他從畢業以後，
每天都是上班、下班、上班、下班……
連休假都可能會因為主管的一通電話，
而跑來公司處理文件。

雖然說是磨練，
但經過多年他早已不是當時的菜鳥實習生了。

過去曾經很想去世界各地吃蘿蔔的夢想，
不知不覺也在工作中慢慢被淡忘，
深怕自己一離開工作崗位，
事情就沒人可以接手、造成公司的困擾……

他總是覺得史達博可以常常請假去旅遊，
是因為他能力比自己好，
而布魯斯擁有這麼多天的特休，
卻都只是偶爾生病看看獸醫、回老家看看父母，
似乎從來沒有為了自己而休假、好好休息。

布魯斯看了看變黑的雙手，回想起醫生說的話。

他想著：
「我應該要好好面對內心的聲音。」

布魯斯經過一番思考後，
他決定要為了自己去旅遊。
而在這之前，他必須先過海特這關，
畢竟有很多工作都是主管指派的。
不僅有些事需要交給其他同事接手，
他還必須要和客戶說明情況才行。

「唉，怎麼連想請個長假都這麼難呀。」

一想到這裡，布魯斯就忍不住緊張了起來，
他開始想像自己被海特大罵一頓，
或者身邊同事會用異樣的眼光看待他。

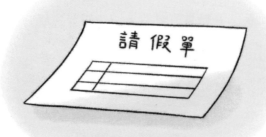

但是，布魯斯內心比誰都清楚，
如果再這樣硬撐下去，
很有可能會因此失去對工作的熱情，
這才是真正讓他害怕的事。

海特 Hate

公司主管。
（布魯斯並不想多做介紹。）

布魯斯的假日時光

12:00
睡到自然醒。

13:00
加熱冰箱裡的紅蘿蔔當午餐。

16:00
在家裡看影集。

18:00
把堆了一週的衣服
拿去洗。

20:00
想著要去洗澡
想了兩小時。

下定決心要早睡，
02:00 還躲在被裡看漫畫。

4.

走出公司，
開啟全新的冒險吧！

連請個長假都有點害怕的布魯斯，
帶著緊張又興奮的心情，
開始了一場前所未有的挑戰。

『布魯斯の靜斯語』

我需要的不是公司的關心和愛，
而是錢與休假。

星期一清早，
所有同事看到布魯斯黑色的模樣都嚇了一跳，
畢竟除了加班時間外，
沒人看過一早就變黑的布魯斯。

由於自己不知道理由，
身體上也沒有什麼病痛，
布魯斯連忙跟同事們解釋道：

「我沒事的，應該，大家不用太擔心。」

接著布魯斯戰戰兢兢地，
拿著請假單來到海特面前，

海特看著黑色的布魯斯，
雖然只有短短幾秒鐘，
但空氣就像凝結了一樣，
讓布魯斯緊張得不敢輕舉妄動。
經過漫長的對望，
海特沒說什麼就接過單子直接蓋了章，
而布魯斯也放下了心中的大石頭。

他回到座位上，提起公事包後，
就走向門口打卡，
這是布魯斯第一次這麼早下班，
他的腳步也變得輕盈了起來。

回到家的布魯斯，雖然說要去旅行，
但是……該怎麼開始呢？

他上網看了看將軍市的位置，中間隔了一片海，
想必是需要搭飛機才能抵達，
他突然發現自己好像不知道該如何旅遊。

對平常人來說這是再簡單不過的事情，
但對布魯斯，出遊竟然比工作還難。
於是他決定拿著筆電到咖啡廳問問呱克的意見。

呱克看到布魯斯在這時間前來，嚇了一跳，
看到全黑的布魯斯更是吃驚。

在呱克還不知從哪裡問起時，
布魯斯不疾不徐地點了一杯拿鐵，
因為今天的心情一點都不沉悶，
加了牛奶使得咖啡變得更香濃美味。

布魯斯跟呱克興奮地說，
他想去將軍市旅遊，但他從未搭過飛機，
呱克便很熱心地教布魯斯訂機票、飯店，
接著詢問布魯斯到將軍市有什麼行程……

呱克看到布魯斯面有難色，
趕緊接著說：

「可以上網看看有沒有人分享將軍市的旅遊行程，
　如果沒有喜歡的景點，也可以直接去將軍市看看，
　就像是一場全新的冒險一樣。」

在呱克耐心地講解之後，
布魯斯查到了幾個有趣的觀光勝地。

像是將軍市的紅蘿蔔戰士博物館、
體驗自己摘採紅蘿蔔……

他熟練地將資料記錄下來，
雖然跟平常工作有點像，卻充滿了愉快和雀躍的心情，
這份感受是前所未有的。

準備好行程後，呱克拿出了他自製的咖啡包，說：
「如果旅遊期間想念我家的咖啡，
　沖入熱水攪拌就可以喝了。」

布魯斯聽完感到相當溫暖，
便告別了呱克，再次回到家中。

友誼的證明

呱呱咖啡

呱克開的咖啡廳，
正好位在布魯斯公司附近，
是布魯斯上班前最常造訪的一間咖啡廳。
本來許多人只是因為順路而購買，
現在已經收服了不少老主顧（包含布魯斯），
後來呱克也和布魯斯成了好友。

美式咖啡是布魯斯的最愛

烙印在腦袋裡的
咖啡豆產地地圖

常去
游泳池

喜歡的食物：蟲蟲、咖啡。
興趣：泡咖啡、烘咖啡豆。

呱克 CROAK

對咖啡相當講究。
很喜歡花時間烘焙咖啡豆、研究各式各樣的風味，
常常向客人分享自己煮咖啡的經驗跟技巧
（如果沒有制止他，大概可以講 2 個小時以上）。

品種：青蛙

呱克的工作服

經常扮演
布魯斯的智囊團

那麼，開始整理行李吧！
領帶……除了領帶以外好像也沒有別的衣服，
沒關係，就把領帶塞進去吧。

布魯斯對照著行李清單，把一個個項目勾選起來，
就在快準備好的時候，電話響了。

那個熟悉的鈴聲、可怕的畫面，
都讓布魯斯不寒而慄。

沒錯，手機上四個英文大大寫著：

BOSS。

老闆下班後打來的電話，總是給人不祥的預感。

雖然很不想接，
但布魯斯又擔心是什麼重要的事情，
於是還是拿起了電話：

「……喂？」

叮
叮
叮
叮

猶豫的手

「布魯斯！聽說你這禮拜就要出發去旅遊了啊！
　記得幫我買一盒將軍市的小魚乾罐頭，
　那個配飯超好吃的。」

老闆難得在電話裡露出這麼歡快的聲音。

布魯斯驚訝道：
「您怎麼會知道我要去將軍市？」

BOSS 解釋：
「你桌上貼著紅蘿蔔戰士海報和請假單，
　時不時又盯著產地直送的紅蘿蔔看，想也知道囉，
　好啦，不跟你多說了，好好去玩吧。」

滔滔不絕……

電話掛斷後，布魯斯感到難以置信，
他愣在原地發呆了許久，才反應過來：
所以只是要我買伴手禮嗎？

他從未接過這樣的電話，
原來老闆打電話來不一定是因為工作呀。

收拾好行李後，
晚上布魯斯窩在沙發上看電視。
明天就要出發去將軍市了，
少了工作的煩惱，布魯斯身體慢慢變得輕盈，
雖然依舊是黑色的。

明天的班機時間是一大早，
他躺在床上，心想著應該要早點睡才行，
但他卻興奮得睡不著覺，
像個初次出遊的小兔子一樣。

Waku Waku

「叮叮叮、叮叮叮⋯⋯」

隔天早上鬧鐘響起，
布魯斯立刻從床上跳了起來。

今天的他與平時完全不一樣，
不但沒有賴床，還迅速地去洗漱，
然後匆忙拖著行李就出門了。

東張西望

來到了機場，
這裡是布魯斯從沒見識過的世界，
大家來來去去，
卻跟地鐵的那種忙碌有些不同，
每個人的腳步輕快，
但依然洋溢著開心的笑容，
這裡的一切都好新鮮。

接著，很快來到登機時間，
布魯斯找到了自己的位置坐下。

「哇，窗外可以看到好多台飛機。」

布魯斯彷彿像個孩子，對什麼事情都充滿好奇。
空姐還給布魯斯遞上了新鮮的蘋果汁，
以及簡單又美味的餐點。
明明座位擁擠，
待上 3 個小時卻一點都不覺得疲憊。

而布魯斯終於抵達了他夢寐以求的「將軍市」。

5.

踏上追尋自我的旅途

終於有機會放鬆出遊的布魯斯，
一邊思考著自己變黑的原因。
然而，卻因為一通電話，
讓他再次陷入低潮之中……

〖布魯斯の靜斯語〗

即使沒有夢想，
要是能好好活過今天也足夠偉大了。

市中心放著碩大的紅蘿蔔戰士雕像，
上面寫著幾個字——

「歡迎來到將軍市」。

紅蘿蔔戰士是布魯斯小時候記憶裡的電影主角，
故事中他擅長使用各種蘿蔔料理來擊退敵人，
遇到需要幫忙的孩子，
也會製作料理給他們吃。

在布魯斯心中，
他是個偉大的英雄，
看到雕像後，布魯斯難以解釋自己內心的激動，
甚至有點熱淚盈眶。

這時候，肚子突然發出咕嚕嚕的叫聲，
布魯斯才驚覺時間已經接近中午了，
於是他趕緊前往旅程的第一站。

來到了一間看起來相當高級的料理店。
布魯斯在這裡頭顯得有點格格不入，
店員也有些冷漠……

他品嘗了這間店的蘿蔔烏龍麵，
做成麵條的麵糰裡加入了紅蘿蔔，
所以連麵都是紅色的，
湯頭還放了洋蔥一起燉煮，非常好吃。

然而，儘管美味，
布魯斯仍覺得好像少了些什麼。

用完餐後，布魯斯來到紅蘿蔔戰士紀念館，
裡面有許多紅蘿蔔戰士的周邊商品。

館長一聽到布魯斯喜歡紅蘿蔔戰士，
感到相當驚訝，
因為已經很久沒有人追隨紅蘿蔔戰士了，
現在大家都喜歡更新潮的東西，
對於這種老掉牙的劇情和故事根本不感興趣。

他還向布魯斯推薦了另外一間料理店，
雖然店面老舊，
但非常值得親自去品嘗。

傍晚以後，
布魯斯來到了飯店休息。

他回憶起今天一整天的夢幻之旅，
從來沒有想過「原來放假是這種感覺」，
布魯斯一邊回味，
一邊抱著紅蘿蔔戰士的娃娃，
安心地進入夢鄉。

隔天一早，他來到將軍市的觀光紅蘿蔔園。

滿園的紅蘿蔔，布魯斯看了口水都快流下來……
他拿著專屬的籃子，到園裡摘採，
雖然費了不少體力，
但是看著滿滿的紅蘿蔔，他卻完全感受不到疲累。

他抱著紅蘿蔔到旁邊用清水洗淨，並大大地咬了一口，
「哇～這個新鮮的甜味、清脆的口感，
　像是水果一樣甘甜！」

沒有多久，
籃子裡的紅蘿蔔
就已經被布魯斯吃個精光。

吃飽後的他躺在旁邊的樹下休息，陽光明媚，
布魯斯感覺自己稍微變白了一點點，
正確來說是灰色。

「是因為紅蘿蔔太好吃嗎？」
「但是阿酷的招牌拉麵也很好吃呀？」

他似乎在思考自己漸漸恢復的原因。

睏……

這時，電話突然響起，
是海特的來電。

「布魯斯，你有帶筆電嗎？能不能幫我改一下資料？」

「啊……但是我的筆電放在家裡呢。」

這次的旅行，布魯斯沒有帶任何跟工作有關的資料，
只好跟海特說聲抱歉，他幫不上忙。

掛上電話的那一刻，布魯斯又再次恢復，
不，是變黑。

看著自己再度變黑色的布魯斯，
忍不住掉下了淚水，
因為他沒有帶筆電，不能更改資料，
造成了大家的困擾，
是責任心作祟，
還是假期才進入第二天又讓他想起了工作？

布魯斯混雜著各種情緒，越想越難過。

為什麼會這樣⋯⋯

此時，有隻小兔子走了過來，拍了拍布魯斯：
「大哥哥，你為什麼在哭阿？你是跌倒還是肚子痛？」

布魯斯擦乾眼淚，堅強地跟這隻小兔子說自己沒事。
但他發現小兔子手上抱著紅蘿蔔戰士的玩偶，
驚喜地表示自己也很喜歡紅蘿蔔戰士。

小兔子聽了非常開心地說：
「我爸爸就是紅蘿蔔戰士喔！
　他煮的料理真的可以打敗敵人！」

布魯斯瞪大了雙眼，於是小兔子為了證明，
就把布魯斯拉回他的家中。

布魯斯的忙裡偷閒

到茶水間裝水。

順便發呆
15 分鐘

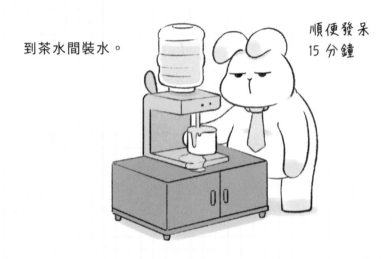

文件還沒印好就走到
影印機旁邊等。

又過去 20 分鐘

用最緩慢的速度
走去上廁所。

拖著腳步

偷偷觀察史達博在忙什麼。

盯……

6.

不在計畫內的愜意生活

逐漸放下身外之物的布魯斯，
開始享受起這趟旅途。
他希望自己能繼續保持「白色」的狀態……

『布魯斯の靜斯語』

一週總是會有七天想要放假。

映入布魯斯眼簾的，
是一間老舊的紅蘿蔔料理店，
老闆瑞比有對厚實的眉毛。

「喔？是外地來的新朋友嗎？」
「爸爸！你看，這個哥哥也喜歡紅蘿蔔戰士！」

瑞比看著站在家門口的布魯斯，
親切地向他打了聲招呼。

布魯斯環顧了一下這間料理店，
裡頭貼著許多紅蘿蔔戰士的劇照，
看起來應該也是個忠實粉絲。

瑞比小聲地跟布魯斯說：
「抱歉，我兒子太喜歡紅蘿蔔戰士，
　就把我當成他，你不要見怪。」

畢竟童言童語，布魯斯當然也沒有把這話當真，
只是參觀了一下這間店，
意外發現這裡就是館長曾介紹的料理店，
於是他開心地點了一碗招牌咖哩。

上桌的是一碗黑咖哩。

咖哩醬汁早已將蔬果完美燉煮入味，
配上剛煮好、熱騰騰的白飯，
布魯斯舀起了一口飯及紅蘿蔔吃下肚，
腦中彷彿有仙女灑花一樣。

他從來沒吃過這麼好吃的咖哩。
連加班好幾日後享用的各種美食，
都不曾如此美味。

布魯斯激動不已，
這次旅程就算只是為了吃到它也依然值得，
他向瑞比表示出自己的喜愛。

瑞比當然很開心，除了這是他們家的祖傳祕方，
更重要的是他注入了滿滿的愛，
希望吃到料理的人都能夠幸福 。

雖然布魯斯有聽沒有懂，
但仍心滿意足地離開了。

「接著明天要做什麼呢？」
喃喃自語的布魯斯，打開了行程清單，然後闔上。

一片空白。

沒錯！
從明天開始布魯斯就沒有特別安排其他行程。

夜裡，布魯斯本來應該美美地睡個好覺，
但他卻突然想起今天海特打來的那通電話，
即使告訴自己別再鑽牛角尖，
仍控制不了那些念頭，
導致布魯斯一整晚都沒有睡好。

接下來的幾天，
由於布魯斯沒有規畫任何行程，
白天他就悠閒地去蘿蔔園體驗拔菜，
晚上再動身前往咖哩店飽餐一頓，
身體也漸漸從黑色恢復成白色。

可能是太久沒有感受到這種
全身心放鬆的狀態，
布魯斯覺得特別感動且珍惜。

打起了精神

直到某天，他如往常來到料理店，
但今天沒有營業，
只看到老闆瑞比遠遠地拿著蔬果朝店門口走來。

「喔？你今天也來啦，但我今天休息。
　不過人都來了，我還是煮點家常料理給你吃。」

「以前《紅蘿蔔戰士》剛上映的時候，
　將軍市的旅客經常人山人海，
　跟現在比起來天差地遠，
　加上大家都喜歡去高級料理店，
　越來越少人會來這種傳統老舊的地方。」

老闆瑞比一邊清洗著蔬果，
一邊無奈地聊起最近的營運狀況。

叮～

而布魯斯難得真情流露，趕緊反駁瑞比，
因為對布魯斯來說，
這些料理比那些高級菜餚好吃太多了！

聽完老闆似乎有點感動，
他捲起袖子，
決定製作那道他很久沒做的紅蘿蔔切片。

切片遞上來後，布魯斯相當驚訝，
跟以前電影裡演得一模一樣，
他品嘗了一口，
彷彿電影的畫面就在他腦中播放。
紅蘿蔔戰士將切片丟進敵人的嘴裡，
敵人不小心吃到後，
邪惡的氣息瞬間被淨化。

忙進忙出

回神後，布魯斯認真地看向瑞比的背影，
忍不住開始懷疑：

「難道⋯⋯
　他真的是紅蘿蔔戰士嗎？」

此時，布魯斯的電話響起，
螢幕上顯示為「海特」，
布魯斯沒有馬上接起電話，
他猶豫了。

「今天是星期幾？
　又是星期一呀，是上班最忙的時候……」

才這樣想著，沒幾分鐘，
手機又再度響起，這次是史達博。

這時布魯斯才勉勉強強接起電話。

「布魯斯，不好意思，你明明在休假的，
　但我們這邊附近幾個蔬果園都被菜蟲入侵，
　食品展就在下禮拜了，種植也來不及，
　現在不知道怎麼辦才好⋯⋯」

電話裡的史達博相當緊張，由於時間急迫，
無論去哪邊調蔬果都已經來不及趕上這次的展覽，
而公司最懂蔬果跟緊急應變的莫過於布魯斯了。

布魯斯掛上電話，神情凝重，
他跟瑞比解釋自己為何變黑的原因，
以及好不容易恢復成白色，
卻深怕一碰到工作後，
又會再次變得焦黑……

瑞比思考了片刻，對布魯斯說：
「你如果不想變黑，就繼續待在這吧。」
他邊說邊幫布魯斯添了啤酒。

就在瑞比準備把酒杯倒滿的時候，
啤酒不小心撒了出來，
布魯斯急忙站起來拿起口袋裡的手帕擦拭，
卻摸到了一包方形的封口袋，
原來是呱克送的濾掛咖啡。

此時，布魯斯突然想起了呱克、阿酷、史達博。

瑞比看著猶豫不決的布魯斯，
直爽地對他說：

「你不是很喜歡紅蘿蔔戰士嗎？
　雖然他只是個料理人。」

「但只要在對的時間做對的事情，
　任何人都可以成為真正的英雄。」

「儘管你可能覺得自己只是個小職員，
　但是從電話聽起來，
　公司現在非常需要你，千萬不要小看自己。」

聽完瑞比的話，布魯斯像是被激勵了一樣，
決定要回去公司幫助大家，一起度過難關。

在布魯斯要離開前，
瑞比從倉庫拿出了一個紅蘿蔔戰士的變身器，
他將變身器放在布魯斯的手上，說：

「去成為大家的英雄吧！」

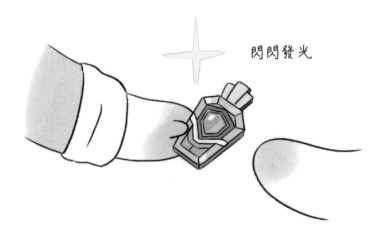

閃閃發光

布魯斯對於眼前發生的事情感到不可置信，
果然瑞比真的是紅蘿蔔戰士！

但他已經沒有多餘的時間可以在這逗留了，
現在有更重要的事情等著他。

布魯斯轉頭和瑞比匆匆道別。

眾人眼中的布魯斯

Q 是什麼契機讓你和布魯斯變熟的？

史達博

一開始是因為辦公室座位剛好在隔壁的關係，但後來發現，雖然布魯斯看起來懶懶散散的，但他其實是個很認真工作的前輩，就漸漸對他敬佩了起來。

呱克

雖然每天來我這邊買咖啡的上班族很多，但幾乎每天都散發著滿滿厭世氣息的只有布魯斯啊。我後來就偶爾會跟他搭話，發現他是不擅長早起，想到要工作就覺得很累而已。

海特

雖然布魯斯個性不是那種特別積極主動的類型，但我有跟他交代過的事情，他都有放在心上，所以硬要說的話……他還不錯啦。

阿酷

他很喜歡下班之後來我這邊小酌一下，常常聽他抱怨工作、對很多事提不起勁，但這不就是很多人都有的狀態嗎？我覺得能像布魯斯那樣誠實說出來，很了不起呢！

7.

緊急支援

食品展近在眼前，全公司亂成一團，
布魯斯靈機一動的新點子，
可以順利拯救這次的危機嗎？

〖布魯斯の靜斯語〗

努力不一定會成功,
但是不努力一定很輕鬆。

布魯斯趕忙回到飯店，
打電話跟史達博確認展覽的狀況，
由於欠缺食材的關係，必須要由外地的蔬果進行配送，
但是光合約、洽談，
都必須花 3 到 5 個工作天，
新鮮蔬果配送也需要合格認證，
怎麼想都難以補救，加上這次的展覽主推黃瓜，
大量的資訊在布魯斯腦袋裡快速運轉，
如果是紅蘿蔔事情就簡單多了……

「對！改成紅蘿蔔就可以了呀！」

他趕緊打電話與活動企劃聯繫，
將這次的活動改為紅蘿蔔季，
而且主打由將軍市產地直送。

由於企劃突然變更，讓公司其他人措手不及，
同事開始產生了兩派說法：

「現在更改，活動怎麼可能來得及？」
「說不定可以試試看！」

這時海特站了出來，說：「改成紅蘿蔔吧。」

他一聲令下後，企劃組也不敢多吭聲，
畢竟現在的時間已經不多了。

另一邊，接到指示後的布魯斯，
則來到他這幾天經常光顧的紅蘿蔔菜園，
跟菜園園長簡單說明了現在的狀況，
希望能夠將這邊的紅蘿蔔供貨給公司。

聽完，園長相當樂意，
也拿出了早早就申請合格的認證書。

其實原本園長只是不希望自己辛苦種植的紅蘿蔔被糟蹋，
於是堅持用現在的方式獨自販售，
但是看著布魯斯每天前來摘採紅蘿蔔，
吃得津津有味的樣子，
他最初的想法開始有了改變：

「如果是布魯斯的話，肯定會好好珍惜食物的。」

同時，布魯斯也很有誠意地遞出合約，
雙方簽訂完成之後，
街坊鄰居紛紛前來幫忙摘採蘿蔔，
一起裝箱、寄送。

緊接著，布魯斯來到紅蘿蔔戰士紀念館，
採購相關的紀念品，
包含提袋、娃娃、吊飾等等，
這樣一來，觀展的客人不僅可以享用料理，
還能夠將喜歡的商品帶回家。

因為體積不大的關係，
布魯斯只要將商品裝進行李箱就可以了。

堆積如山

「蔬菜 OK，紀念品 OK，應該都差不多了……」

正這麼想的布魯斯，
卻立刻接到了史達博打的求救電話：

「布魯斯，我們本來找的廚師是黃瓜達人，
　但試吃了他的紅蘿蔔料理都難以下嚥，
　食品展總不能只讓大家吃生菜吧……」

畢竟臨時更換了食材，不是人人都能快速掌握的，
不過，說到紅蘿蔔料理的達人，
「當然是……」

布魯斯腦海中浮現出了最好的人選。

於是，布魯斯衝回咖哩店找瑞比。

「幾天就好，跟我一起到展覽現場吧！」

然而，這突如其來的要求讓瑞比相當為難，
畢竟兒子還那麼小，吃住也是問題……

布魯斯同樣陷入了苦惱，
的確是自己想得不夠周延，
如果不能讓瑞比來到展場，
要怎麼讓大家品嘗到紅蘿蔔的美味呢？

好不容易事情有了進展，
布魯斯並不想輕易放棄，
如果是以前的他，可能早就兩手一攤了，
但充分休息過後的他，現在特別有幹勁。

此時，
一則玉米濃湯真空包的廣告出現在電視裡，
布魯斯跟瑞比互看了一眼：

「就是它了！」

兩人開始研究如何將咖哩變成料理塊，
這樣到時候在展覽現場，
只要再切新鮮的紅蘿蔔放進去就完美了！

布魯斯和瑞比一路研究到了深夜。

老闆娘則是在心裡默默守護他們，
並且將毛毯蓋在睡著的兩人身上，
看著眼前的瑞比，
老闆娘不禁想起了年輕時的他。

一切都準備就緒了！
布魯斯拉著行李箱，要回去公司工作。

雖然有點捨不得這裡的大家，
但公司需要他，
他緊握著手中的紅蘿蔔戰士變身器，
為自己加油喊話：

「這次的食品展一定要成功。」

布魯斯從機上的窗戶往外看，
跟瑞比、園長與館長揮揮手，
期待下次能再見面。

下次再來玩～

8.

挑戰開始

所有人都緊鑼密鼓地準備事前工作，
此時，卻有個問題還沒解決，
誰來負責這次的料理呢？

〖布魯斯の靜斯語〗

星期一的月亮不一定圓，
但是老闆畫的大餅一定又大又圓。

早上 8:50，
有點熟悉又陌生地打了上班卡。

公司的同事看到布魯斯便紛紛湊過來：

「哇～已經恢復成白色了。」

布魯斯一邊接受大家的關心，
一邊將行李箱打開，
拿出成堆的紀念品跟咖哩湯塊，
並且將大家的工作分配好。

同事們一起為展覽做最後的準備。

此時，布魯斯也發現，
紅蘿蔔已經寄到公司了，
園長選好蘿蔔的熟度放到明天剛好可以食用，

不愧是園長，
連這些都考量得如此周到。

然而，只不過是要把咖哩加熱、切菜，
公司居然沒有一個人擅長料理，
萬事俱備，只欠東風了……

史達博跟布魯斯互看一眼，異口同聲喊道：

「阿酷！」

他們衝去居酒屋，
把白天還在睡覺的阿酷拖了出來，
只見他睡眼惺忪地說：
「我晚上才營業耶……」

我還沒睡夠啊！

抵達公司後，看到蔬菜被亂切的阿酷很生氣，
「怎麼可以隨便處理這麼高級的食材？」

他一邊碎念一邊將紅蘿蔔切得整整齊齊，
不一會兒的功夫，咖哩就完成了。

大家淺嘗了一口，頭頂的美食仙女都冒了出來，

「天啊！這也太美味了吧！
　這樣明天的食品展肯定沒問題！」

到了食品展當天，
他們請阿酷在現場準備那鍋咖哩，
布魯斯跟史達博則在一旁宣傳將軍市的紅蘿蔔，
一邊將試吃的咖哩分送給參展的客人，
紀念品也賣得比想像中還快。

下午 4 點左右，展覽進入了尾聲，
大家即使很累，
卻每個人臉上都充滿笑容。

結束後，一行人晚上來到了居酒屋，
大家舉著啤酒乾杯，
史達博則優先說道：

「布魯斯，這次真的多虧了你。」

緊接著，眾人開始紛紛稱讚起布魯斯，
這讓布魯斯有點害羞，
而這股充實感，可能是他出社會好幾年以來，
第一次體驗到的。

臉紅

隔天的上班日，
公司進行了食品展後的檢討。

因為這次的展覽非常成功，
連老闆都對布魯斯的應變能力讚譽有佳，
還準備將接下來與將軍市合作的企劃案，
交給布魯斯來主導。

而主管海特倒是因為平常把太多工作丟給布魯斯，
被老闆念了一頓。

只不過在會議結束後，
老闆竟然順口問了布魯斯：

「對了，布魯斯，我的罐頭呢？」

「罐頭？」
他回想起了那通來自老闆的電話。

「記得幫我買一盒將軍市的小魚乾罐頭。」

布魯斯早就把這件事忘得一乾二淨了，
就在他苦惱要怎麼和老闆交代時……

有個宅配人員喊了布魯斯的名字，
請他簽收快遞，
原來是紅蘿蔔紀念館的館長為了答謝，
寄來的「小魚乾罐頭」。

於是布魯斯便趁機借花獻佛，
再次度過了一次危機。

出門買東西的布魯斯

家裡鬧鐘沒電了……

來到便利商店後，
被一堆零食吸引了注意。

抱了一箱零食回來，
「等等，電池呢？」

加班的日子

加班的夜晚，
史達博為了提神，
和布魯斯講了一個
恐怖故事。

回家之後越想越害怕……

決定抱著紅蘿蔔戰士
的玩偶一起入睡。

9.

又是萬惡的星期一？

特別想賴在家、不想從被窩中起來、
也還沒準備好要面對工作……
這些複雜的情緒偏偏都集中在星期一。

『布魯斯の靜斯語』

機會是給準備好的人，我只是還沒開始準備而已。

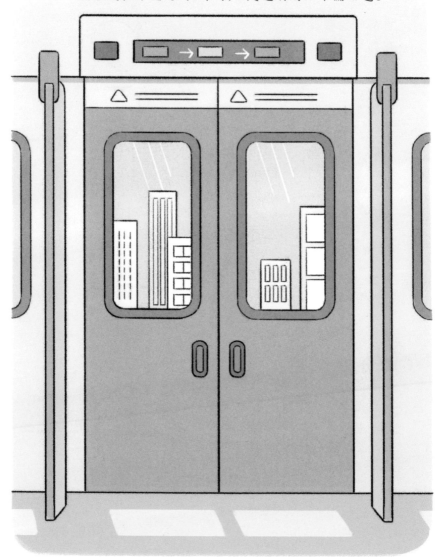

食品展落幕後，
布魯斯又恢復成平常的上班模式。

才工作 10 分鐘，
就開始將臉攤在桌上，並喃喃自語：

「啊，好累啊⋯⋯早知道昨天早點睡了。」

唉～不想工作

沉甸甸

下午過後，
主管海特如常拿著一疊文件堆在布魯斯桌上，
但這次並不是只由布魯斯一個人來負責，
海特早已經將工作分配好了。

於是同事們過來一人領了一疊資料，
布魯斯有個強烈的預感：
「看來今天不用加班了。」

自從食品展結束，
將軍市就湧入了大批紅蘿蔔愛好者，
布魯斯開始害怕，
下次去將軍市會搶不到新鮮的紅蘿蔔吃。

此時，手機發出了震動聲，
是瑞比的訊息。

嗡嗡⋯⋯

原來，他最近在研發紅蘿蔔切片的罐頭，
因為瑞比光是製作咖哩塊就已經快沒時間經營店面，
後來才決定將店鋪慢慢轉型成小型工廠，
也加入了好幾個新員工。

布魯斯午休時經常會和大家分享旅遊的冒險故事，
好幾個同事聽了也都很想去將軍市一探究竟，
自從布魯斯有了這樣特別的回憶，
他臉上的表情也變多了。

沒想到，
下午海特又拿著臨時的急件交給了布魯斯，
果然加班這件事不能太早立 flag，
布魯斯漸漸開始發現，
他的直覺好像不太準。

到了晚上 8:00，
布魯斯才跟史達博一起下班，
準備去居酒屋吃宵夜，
而布魯斯又再次變黑了。

史達博悠悠地說：
「你又變黑色了呢，
　黑色可以直接表達出疲倦感也不錯呀，
　像我不會變色，有時候明明很累，
　卻不知道要怎麼證明才好。」

一旁的阿酷則說：
「經過努力後變黑，感覺相當帥氣呢，
　要是有機會，我也很想變成一隻黑熊。」

一直以來不是很喜歡變黑的布魯斯，
在大家一番閒聊後，
反而開始喜歡上自己天生會變黑的基因了。

因為這都是他努力的成果。

星期六的布魯斯，
決定到呱克的咖啡廳悠閒地打發時間。
少了上班的壓力，
他開始能夠慢慢品嘗出咖啡的美味。

再為自己點一份小甜品，簡直是極致的享受。

偶爾他還會去附近的書局，翻翻旅遊類的書，
試著替自己規劃下次的旅程，
他也答應了史達博，下次一起去泡溫泉。

最近的熱門景點是？

此時，電話再次響起了，
布魯斯接起電話，
思考了一下輕重緩急，
委婉地拒絕臨時的工作，
並且跟對方說，這件事情週一再處理就可以了。

一味地工作不一定能減少焦慮，
如果沒有適當的休息，
他可能又會重蹈覆轍。

最後，依然是一個美好、清爽的早晨，
布魯斯被鬧鐘的鈴聲給吵醒，
他睡眼惺忪地翻身，看了看鬧鐘，再瞄一眼日曆，
今天又是他最害怕的……星期一。

但是現在的布魯斯，已經和以前不一樣了，
因為他開始懂得維持生活的平衡，
不變的是，他仍然……討厭工作。

番外篇 .

寒流來的日子

又是「不想上班症候群」發作的一天，
尤其是這種冷颼颼的天氣，
如果可以，真想天天去泡溫泉呀。

一個冷颼颼的夜晚，
布魯斯圍著毛毯，
看著電視裡的氣象報告，
明天冷氣團即將來襲！

布魯斯雖然有一身厚重的毛，
但果然還是不喜歡太寒冷的天氣。

晚間氣溫將持續下降……

布魯斯將房間裡的電暖器打開，
戴上睡帽、穿好毛襪，
並且決定晚上先裹著圍巾入睡，
這樣明天出門前就可以多睡一下了。

一早，布魯斯被鬧鐘的鈴聲給吵醒，
他努力睜開眼睛。

好冷，
腳一離開被子就好冷……
這天氣，是在跟我開玩笑嗎？

「啊……好不想去上班……」

經過內心多次的掙扎，
眼看再不起床就要遲到了，
布魯斯只好不情願地起身，衝到廁所盥洗。

即使圍著圍巾，
布魯斯一打開門依舊感受到寒流的威力。

圍巾根本沒什麼用嘛……

兔生好難……

進到辦公室，因為太冷，
大家都在自己的座位上縮成一團，無精打采的樣子，
只有史達博看起來特別有精神。

布魯斯好奇地開口問道：
「史達博，你看起來心情很好，
　是因為特別喜歡寒冷的天氣嗎？」

史達博搖搖頭，默默拿起手上的假單表示：
「這天氣特別適合泡溫泉，所以我們一起去吧！」

計畫通～

請假單

「一起？」

在布魯斯還沒想清楚的情況下，
史達博早已經將布魯斯的假單也寫好，
叫布魯斯簽名，
這突如其來的決定，讓布魯斯感到相當震驚。

請假……可以這麼隨意的嗎？

在布魯斯還一臉茫然時，
史達博就拉著布魯斯簽完假單，打卡下班了。

出發路上遇到剛好出門買菜的阿酷，
布魯斯則順道邀約了阿酷：

「今天這麼冷，跟我們去泡溫泉怎麼樣？」

由於天氣冷，大家都不太想工作，
阿酷雖然不怕冷，但依然爽快地答應了，
他坐上史達博的車，
就這樣，三人踏上了旅途。

布魯斯一行人來到溫泉區，
溫泉的熱水讓布魯斯的身心都放鬆了下來，
他心想：
「難怪史達博不惜請假，也要來這裡泡溫泉。」
平常的星期一，可是布魯斯最厭世的時刻，
現在竟然可以如此懶散，真不可思議。

阿酷在隔壁的冰泉說到自從上次展覽後，
居酒屋生意突然變得很好，好久沒有休息了，
史達博則是早已沉浸在溫泉裡，
提醒大家暫時忘記工作的煩惱。

此時，海特有事情要找布魯斯跟史達博，
但由於手機和衣服都放在外面置物櫃，
所以他們絲毫不受影響，繼續享受著美好的時光。

然而，泡完澡的布魯斯，
看到海特的未接來電相當緊張，
在他還在思考要不要回撥的時候，
史達博則把布魯斯的手機螢幕關掉，
說：「都這時間了，有什麼事還是明天再說吧～」

雖然布魯斯還是有點放心不下，
但想想也覺得有道理，畢竟今天都休假了。

他們緊接著來到溫泉附設的餐廳裡享用山產定食，
布魯斯看到阿酷定食裡面的魚，
開始分享他收到館長寄來的小魚乾罐頭，
讓他順利可以和老闆交差的小插曲。
只可惜布魯斯不吃魚，
所以他沒辦法體會其中的美味。

史達博則是對將軍市感到很好奇，用手機搜尋了一下，
便發現將軍市也有一個溫泉區。
除了紅蘿蔔泉以外，還可以煮溫泉紅蘿蔔，
布魯斯第一次去時天氣還沒那麼冷，
因此他根本沒有想到要去泡湯。

三個人視線交會後，安靜了幾秒，
史達博默默拿起手機，
看看行事曆，選了最近的一次連假。

「就這週，布魯斯、阿酷，我們一起去將軍市吧！」

阿酷平時自己顧店，可以決定何時店休，
便一口答應了，
布魯斯對於安排假期，則還有些不習慣，
但一想到可以再次造訪將軍市，
讓他也開始期待了起來。

他迫不及待想介紹自己的行程給史達博和阿酷，
布魯斯分享起上次的旅遊規劃。

看完，史達博與阿酷同時陷入沉默，
「你去那麼多天，行程只有這樣？」
阿酷也忍不住吐槽：
「一整天就只待在紀念館嗎？」
布魯斯完全沒有發現自己這種悠悠哉哉的行程
有哪裡不對勁，
做任何事前都會先縝密計畫的史達博，
決定在旅途開始之前，和大家共同安排好行程。

Day 1 紅蘿蔔戰士紀念館
Day 2 紅蘿蔔觀光菜園
Day 3 空白……

飯後，史達博載兩人一起回家。

原本布魯斯還幻想著
下次去將軍市要整天待菜園裡，
殊不知隔天開始，
史達博便找了一大堆資料給布魯斯，
要他一天至少安排 3 個行程。

回家好好讀完！

一定會很開心吧~

就這樣，布魯斯除了上班以外，
又多了甜蜜的回家作業，
對於他來說，
這項任務可能比工作都還難。

但不管結果如何，
布魯斯還是很期待連假的到來。

出社會第N年，
今天也是爲五斗米折腰的一天

作　　者｜星期一的布魯斯、Phoebe Fu

繪　　者｜格格 Esther Hung

責任編輯｜李雅蓁 Maki Lee

責任行銷｜鄧雅云 Elsa Deng

封面裝幀｜謝捲子 Makoto Hsieh

版面構成｜譚思敏 Emma Tan

校　　對｜鄭世佳 Josephine Cheng

發 行 人｜林隆奮 Frank Lin

社　　長｜蘇國林 Green Su

總 編 輯｜葉怡慧 Carol Yeh

主　　編｜鄭世佳 Josephine Cheng

業務處長｜吳宗庭 Tim Wu

業務專員｜鍾依娟 Irina Chung

業務秘書｜陳曉琪 Angel Chen

　　　　　莊皓雯 Gia Chuang

發行公司｜悅知文化 精誠資訊股份有限公司

地　　址｜105台北市松山區復興北路99號12樓

專　　線｜(02) 2719-8811

傳　　真｜(02) 2719-7980

悅知網址｜http://www.delightpress.com.tw

客服信箱｜cs@delightpress.com.tw

ISBN：978-626-7406-48-9

建議售價｜新台幣380元

初版一刷｜2024年04月　　　二刷｜2024年04月

國家圖書館出版品預行編目資料

出社會第N年，今天也是為五斗米折腰的一天/
星期一的布魯斯、Phoebe Fu 著；格格Esther
Hung 繪. -- 一版. -- 臺北市：悅知文化精誠資
訊股份有限公司, 2024.04
176 面；14.8×18.5 公分
ISBN 978-626-7406-48-9 (平裝)

863.55　　　　　　　　　　　　113003446

建議分類｜心理勵志‧圖文